风之动

王少勇 著

长江出版传媒

长江文艺出版社

王少勇

1983年生于山东单县，中国地质大学（北京）特聘作家，著有随笔集《珠穆朗玛日记》。

目录

辑一　万物的语言

春夜在山桃树下　　　　003

撑伞的女人　　　　004

这样的星空　　　　005

万物的语言　　　　006

风之动　　　　007

宛若少年　　　　009

在树下听鸟鸣　　　　010

燃烧与灰烬　　　　011

新茶上市　　　　012

画柳师　　　　013

立夏　　　　014

夏至　　　　015

写在秋分　　　　016

秋夜　　　　017

与一座桥对视　　　　019

二月兰　　　　020

苍鹭　　　　021

曼陀罗　　　　022

向日葵　　　　023

含羞草　　　　024

紫藤　　　　　　　　　　025

云　　　　　　　　　　　026

月亮　　　　　　　　　　027

台风　　　　　　　　　　028

园中园　　　　　　　　　030

桂林　　　　　　　　　　031

长江头　　　　　　　　　032

凉山之歌　　　　　　　　033

辑二　珠穆朗玛

高原所见　　　　　　　　037

慈悲　　　　　　　　　　038

在尼玛　　　　　　　　　039

白光　　　　　　　　　　040

玛尼堆　　　　　　　　　041

阿里的太阳　　　　　　　042

酥油　　　　　　　　　　043

珠穆朗玛　　　　　　　　044

冰塔林　　　　　　　　046

在东绒布　　　　　　　047

北斗　　　　　　　　　048

攀登者　　　　　　　　049

测量者　　　　　　　　050

石头　　　　　　　　　051

高度　　　　　　　　　052

高原上那些措　　　　　053

青海湖边，一场雨　　　054

留念　　　　　　　　　055

你的蓝　　　　　　　　056

告别青海湖　　　　　　057

辑三　永远的远

生日　　　　　　　　　061

灌注　　　　　　　　　062

中药　　　　　　　　　063

大风歌　　　　　　　　064

妈妈的病榻　　　　　　　065

妈妈的病痛　　　　　　　067

童话世界　　　　　　　　068

妈妈的远方　　　　　　　069

最后的光　　　　　　　　070

永远的远　　　　　　　　072

最后的呼吸　　　　　　　073

七日　　　　　　　　　　074

故居　　　　　　　　　　081

梦　　　　　　　　　　　082

天国银行　　　　　　　　084

当我想你　　　　　　　　086

腊月三十　　　　　　　　087

妈妈　　　　　　　　　　088

幸福在流传　　　　　　　089

清明致母亲　　　　　　　090

北京站　　　　　　　　　091

地质大学讲诗歌课回家途中致母亲　093

辑四　亲爱的生活

外馆斜街　　　　　　　　　097

时间　　　　　　　　　　　098

手捧一簇蒲公英种子过桥　　099

翅膀　　　　　　　　　　　100

亲爱的生活　　　　　　　　101

姿势　　　　　　　　　　　102

回信　　　　　　　　　　　103

练习曲　　　　　　　　　　104

大风过境　　　　　　　　　105

闪电过后　　　　　　　　　107

雪中的武判官　　　　　　　108

外婆家　　　　　　　　　　109

最好的时刻　　　　　　　　110

离家前夜　　　　　　　　　111

美学原理　　　　　　　　　112

另一半天空　　　　　　　　114

爱的方式　　　　　　　　　115

爱与重生　　　　　　　　　116

苹果　　　　　　　　　　　117

那一年　　　　　　　　　　118

和弦 119

金色黄昏 120

希望之所 121

门诊大楼 122

俺们那里无悲伤 123

割水草 124

黄昏一角 125

鱼 126

艰难的选择 127

独自进食的人 128

从源头到大海 129

迁徙 130

墓志铭 131

辑五　两个男人的手

另一颗星球 135

骑车回家途中致任师 137

亲爱的文森特 138

亲爱的马克　　　　　　　　140

把树林唱消失的鹧鸪　　　　142

鲁院笔记之八　　　　　　　143

他　　　　　　　　　　　　144

小宇宙　　　　　　　　　　146

异姓兄弟　　　　　　　　　147

兄弟　　　　　　　　　　　148

在北京的胡同里　　　　　　149

月圆且大　　　　　　　　　150

九月　　　　　　　　　　　151

两个男人的手　　　　　　　153

思念我的猫　　　　　　　　154

十七个词条　　　　　　　　155

亲爱的地坛　　　　　　　　159

后记：我甘心流泪　　　　　164

辑一　万物的语言

春夜在山桃树下

微风吹动枝条
满天的山桃花在头顶闪烁
白色花瓣照耀着我
仿佛要听我说话
仿佛已等待我很久

四周的夜那么黑那么静
所有词语都隐退到黑夜中
我眼睛潮湿，胸脯颤抖
就像曾经在雪山
仰望星空

风从天地间轻轻吹过

2022. 3. 20

撑伞的女人

母亲撑着伞
儿子站在身旁
阳光刺眼，浮云飘，野草长
这不是哪个时代
也不在哪颗星球

一切道一切法
一切原子和能量
产生了这样一个瞬间

因此宇宙甘心流转
我甘心流泪

2022. 5. 24

这样的星空

不能再多挤下一颗
耀眼的寂冷
可触摸的遥远
多想让你看看这样的星空

你会像我一样相信
我们都曾无数次死去
又复生

2022. 4. 23

万物的语言

我听到越来越多的语言
海浪对沙滩和轮船述说
岩石与钻机争论
冰河开裂时，向着天空呼喊

风之国的话语发音多变
卓玛拉山口经幡诵唱
阿拉善的杨树叶，密谋
对夏天的复辟
还有太阳风刺耳的电波……

第一次，在离乡的火车上
我试图翻译
车轮与铁轨的低吟
用窗外闪过的
几盏灯光
一座村庄
用村庄里的寂静

2018.12.21

风之动

十几把小提琴开始吟唱
如歌的行板，管风琴追逐着小号
圆号与长号齐鸣
长笛，撩起了指挥家的长发

低回，低回，低回
大提琴如泣如诉
如一根缆绳
忽而各声部掀起狂澜，高潮处
定音鼓轰轰隆隆
我端坐在国家大剧院
仿佛看见——

风从村头吹来，一排杨树
枯叶掠过河面飘上屋顶
风吹过砖墙的孔隙，吹过村道
卷起狗吠和鸡鸣
风吹过刚发绿芽的草地
翻进院子，绕着石榴树回旋

外婆一手抱馍筐，一手抬起

遮挡灰尘，父亲专注地
剁着羊肉馅，母亲在厨房生火
柴火旺起来，映红她的脸
二踢脚突然在空中炸响

那是我儿时的新年音乐会
那是一直吹在鲁西南平原的
风

2021. 2. 26

宛若少年

想起那个清晨，我依然感恩
蓝像一只鸟儿
停在我的窗外

秋天的蓝有多种气味
那天属于少年，骑单车
把背影稀释在杨树林的少年
他想把这蓝
抹到太空去

那是漫长年代中平常的一天
我等待着一切
但并不着急

风带来孩子们的笑声
草木的低语
它们的话，都说给这蓝听

2016. 8. 28

在树下听鸟鸣

她是这片树林的乐团
喉咙里的许多个声部
转换得那么写意
我猜指挥家隐藏在风中
我听不到风声
听不到附近马路上的噪音

为何这样一场音乐会
在此时此地上演
为何我于此时在这观众席上
我猜生命中隐藏着
给我发门票的人

而此时观众不只我一个
据我所知，至少还有
银杏、松树、青草和天空

2022. 3. 13

燃烧与灰烬

夏天燃烧着绿色火焰
每一天，每片叶子都等来
被点燃的时刻

有时我看到一朵花
兀自燃烧起来
蝴蝶如焰火般飞舞
引燃更多的花

我也是易燃物体
酒，突然的诗意和温情
都能把我点燃

而在大多数时间里
我向自然中的生灵学习
如何与自己的灰烬相处

2022. 5. 30

新茶上市

在一片玉兰花瓣的庇护下
小麻雀的尸体尚未湿透
它侧卧于街边水泥地
不时有脚步在近旁踏过

一只普通的麻雀
在一个普通的清晨死去
匆忙的人们并未留意
茶叶店门口这个事件

绿色横幅上
新茶上市四个字
让另一场雨落在空山

2022. 3. 30

画柳师

眼看着柳色一层一层深起来
用最最柔软的笔
整夜整夜地描
一场雨一场雨地描
他知道急不得

他曾画过一个人
一封信一封信地
一场醉一场醒地
眼泪这种配料用完后
他改画柳

没想到画下了柳
也就画下相逢和离别
顺带画下了许多人
一闪而过的身影

他说柳色是青春的颜色
可是，在湖边驻足凝望的
和柳条一起飘动的发丝
已是几多雪白

2022.3.26

立　夏

鸟儿们有些躁动
柳絮已沉寂下来
空气里的暗涌
在槐树叶上荡开波纹

月牙忽明忽灭
像一扇开开掩掩的门

依然有花在认真地绽放
如果我是春天
也不会舍得离去

2022. 5. 5

夏 至

夏至是一个严重的形容词
把城市形容为高压锅
把太阳形容为压力阀
把北回归线形容为悬崖
把夜晚形容为俳句
中间那句跳出
一只青蛙

夏至把楼房形容为仙人掌
把人群形容为沙漠

草木被夏至形容为踢踏舞会
夏至被夏至形容为邮轮汽笛

心中翻起的念头
被形容为火箭发射场里
封存着两头猛犸象的
冰

2022. 6. 21

写在秋分

我突然感到孤单的幸福
安静的夜里　我听见遥远的星座传来
树叶掉落的脆响

有些日子就像一只指环
当我们戴上它
便和命运有了新的约定
没有永远
也永远没有最后

接下来的秋天是散场后的剧院
我独自走进去
只需想象这里上演过什么　就感动得
止不住眼泪

2016. 9. 23

秋　夜

一

就算只看到三四颗
也知那就是北斗七星
秋风吹过星空
并不能使它们靠近或远离

湖这岸的灯灭了
湖对岸的灯　不知何时
悄悄亮了起来

二

静悄悄的——
万物都选择沉默
刚经历狂热的一季
总得先把失眠治好

只有几朵紫薇　把影子
摔碎在脚下
只有一只花猫　在小路上踱了几步

又轻轻地钻进草丛

只有柳树丛中的一株海棠
在夜空中丢失了树冠
它肯定是想谁想疯了　才把头
探回了盛夏的时空

三

这黑色多么大
从湖中漫出来又漫上山坡

这山坡多么大
南坡和北坡上的两朵花
一生也不会相遇

这公园多么大
我的 26 岁到 33 岁
走进去就没了踪影

我的孤独和这公园一样
而你就像夜空

这夜空多么大

2016.8.29

与一座桥对视

黄昏，与一座桥对视
在它的眼睛里
我看到一半真实，一半虚幻
真实和虚幻相接的地方
有一种感觉
就像我在故乡
眺望平原尽头时
感觉的那样

我无法用语言描述
但那座桥从我的眼睛里
看见了

2022. 4. 6

二月兰

阳光下几丛二月兰
在风中摇曳着紫色光芒
这是她们一年中
最骄傲的几天

当我走到河对岸
在十层楼高的法国梧桐面前
在争艳的碧桃和丁香身边
她们那么不显眼
眼前的画面
一个画家该如何描绘

看着那几丛二月兰
我想到一个词——细节
不知此刻在高楼倚窗的人
是否也注意到
我这个细节

2022. 4. 15

苍　鹭

数十个镜头
对准湖心柳树上一只苍鹭
快门声是春天的打印机

它突然厌倦了模特的角色
展翅飞走，在空中盘旋
完全不理会"快回来"的呼喊

那只苍鹭，越飞越高
越飞越远，变成一个黑点
消失于天空的那一刻
它的眼睛，至少记录下
半个北京城

2022. 4. 16

曼陀罗

在武侠小说中
她妖艳，神秘
致命的魅惑

在宗教中她象征圆满
是神明聚集之所

在植物识别手册中
她又称臭蓖麻
茄科，花冠漏斗状
生于路旁，田边
垃圾堆，建筑荒地

2022.5.18

向日葵

一株向日葵就足够让我心疼
现在是一群
山谷里，一群无人认领的孤儿
仰起金黄的小脸

他们一整天都眼巴巴望着
我也陪了他们一整天
现在太阳要落到山那边了
山坡上的牛羊泛着微弱的光
这光似乎来自体内

两个光脚的孩子向家跑去
炊烟在召唤他们
而我，我这个异乡人
正在石头旁蹲下来
试着把身体里的太阳
切成几千份

2016. 6. 24

含羞草

我来告诉你含羞草的自私与冷酷
她的叶子刚因一阵风而娇羞地闭合
她枝条上的刺就给你的手指留下疼痛
她们争夺更好的空间用柔弱的身体
每当有新叶长出总有旧叶被淘汰
而在泥土之下必定是更激烈的战争

我不知道自己是不是温情泛滥
小心翼翼地为她们浇水通风
像在溺爱一群聪明的孩子
我捧起窗台上枯黄的落叶放回花盆
在心里默默地说：母乳喂养最好

你是否想过含羞草也会开花
还是我最喜欢的紫色　像一个绒球
这件事让我激动了一整天并且
还有许多青色的花苞将我的激动持续
其实我是想强调含羞草的自私与冷酷
我想说很多事物不可思议无须理由比如爱

2019.6.19

紫　藤

街边一个紫色的喷泉
一天里，很多人来到喷泉下

有的抽支烟就离开
有的打几通电话
有的只是路过，拿手机拍照

只有一个，一个二十岁上下的姑娘
坐在那儿，安静地，发呆
紫色泉水，全落在她的身上

2022. 4. 21

云

忙碌了一天的人
直到黄昏，才抬头看天空
惊奇地发现
楼丛上方飘着大大小小的云

像极了心里的郁结和细念
像极了一条设置为
仅自己可见的朋友圈

2022.6.6

月　亮

十天之内，我在柳荫湖不同水域
见过这八只小鸭子
它们长得真快，体形大了一倍
一直陪伴它们的母亲
并未因此变老

岸上的泡桐花渐渐褪去紫色
我喜欢站在树下，仰起头
等花香落下来，就像小时候
它们是否也嗅到
那特别的香味

今天我又认识一种新植物——月见草
昨天月亮像吃剩的煎饼边
过不了多久，那些小鸭子
就能长得像母亲一样
不再排着队在湖里巡逻

在那之前，它们是否会注意到
夜空里有块光亮
一直为它们变换着形状

2022. 5. 4

台　风

一

望着海天相接的地方
我总觉得
他俩一定会生出个什么

二

我们命名事物的冲动
来自对这世界深深的恐惧

三

天鹅，杜鹃，悟空，蝴蝶
无论是否在海上夭折
都让这些词语
有了庞大的影子

四

树冠上盛开的凤凰花
在夏日里等来飞翔的机会

五

谁知道我的门窗能否禁得住
即将到来的一吻
还是关掉收音机吧

六

尼伯特骑一匹红马
手持方天画戟
距此城已不足 15 海里

2016. 7. 12

园中园

在这里读书一定很惬意
苍翠破窗而入
波光浮上案几
层门洞开，来报者放轻脚步
又是一个大有之年
万里江山萃于此图

踱至廊下，俯视池中
檐角如金色印章
神兽待命于清波
云朵间，锦鲤游荡
一个王朝的正午
连倒影都建造得如此精致

2022.5.7

桂　林

早晨我拉开窗帘
窗外的山峰
都回到原来的位置站好
大象、骆驼、长颈鹿……

我做了一夜梦
星星沉入长满水草的河底
儿时的伙伴
玩一个叫木头人的游戏

此刻我头发潮湿
成为群峰中的一座
睁大眼睛，学习着它们的
安静

2019. 9. 24

长江头

两江相汇并没有想象中那样
波澜壮阔
金沙江从下面来
岷江从上面来
一条淡淡的水痕
转眼便消失
长江的名字从此叫起

我生命中也有些这样的时刻
事情悄悄发生，如一条支流汇入
给我新的名字

大江一直流向该去的地方
有时甚至感觉不到
它在流动

2017. 11. 18

凉山之歌

一

我爬进储藏阳光的罐子
天空蓝，蓝得白云无处躲藏
躲在哪，哪就有一座大山

我打碎储藏阳光的罐子
阳光浓，浓得变成蜂蜜流淌
淌到哪，哪就开满小花

二

一座山是另一座山的兄弟
一条河是另一条的姐妹

一朵云飘向另一朵云
慢慢地合为一体
桃树在山坡上开出泥土的血色
洋芋的胚胎
在大地的子宫里孕育

鹰飞到山峰的那边

不过是，亲人带走了

亲人的目光

2016. 3. 8

辑二　珠穆朗玛

高原所见

不过是以山峰的高
偿还云朵的低

不过是以风的迅猛
偿还牦牛的迟缓

不过是以氧气的稀薄
偿还神性的丰盈

不过是以万千种天空
偿还曾经的大海

2021. 4. 18

慈　悲

刚学步的孩子　踉踉跄跄
却跟得上转经的人群

老阿妈坐窗前
半生都守着一盏酥油灯

又是一年春天
雪山的白头
映衬盛开的桃花

它们之间的辽阔里
河水始终在流

2021. 3. 11

在尼玛

草原上遍布天空的碎片
天空和风一样完整

所有的石头所有的水
克制着变成阳光的冲动

我的身体里遍布
崭新的蹄印和蓝色的翅膀

2021. 4. 17

白　光

这里阳光洁白
在姑娘的额头上
在飘扬的风马旗上
喜欢和煨桑炉的烟嬉戏
偶尔进寺庙的内殿

白光托浮着尘埃
有时也会像露水在叶子上凝结
滴落

谁恰巧路过
身上就洇出几句经文

2010. 9. 22

玛尼堆

一座玛尼堆就是
一座信号塔
若你听过足够多的风
和月亮交换
足够多的光
给予足够多的爱
比如爱众生
就会懂得它们的密码

大大小小的石头
一层一层垒起来
夜里，那些发光的玛尼堆
和满天星星一起闪烁
彼此呼唤，回答

2021. 3. 12

阿里的太阳

星星本来就睡在湖里
红草滩和冈底斯
本来就是同一种红
风本来就手持刀斧
层层叠叠的土林
是宫殿也是坟墓

水本来就游在鱼群中
一直游出横断山脉
卓玛的脸颊
本来就像格桑花

阿里的太阳
本来不是艺术家

2010. 10. 6

酥　油

当太阳的上沿距离地平线
只剩一只牦牛角的距离
当扎西和卓玛的梦
来到最后的结局
当青草准备在风中伸个懒腰

漫长的夜里
牧场把星空捧在手心
此时，白昼的第一层已经成熟
天边出现一道乳色

我们将它采撷，分成小块
储存进帐篷
需要时取出一点
化成温暖和光明

2021. 3. 13

珠穆朗玛

最后一朵云，也返回夜幕安睡
我站在你的面前
如初次相识一般
大地将我们高高举起
我们的头顶闪烁
这宇宙的万家灯火

我对你说起平原
牵牛花又爬上屋顶，牵着
金牛座的一角
外婆房前的水塘里，鱼儿
已不知影踪，黄昏时
总有些柔软的脚印
想要钻出泥土

我对你说起大海
曾伴你游泳的，那些小水母
依然诞生于盐和月光
远古的记忆在海底
被镀上一层幽蓝
海浪因为想起你

汹涌成山峰的模样

冰川留在岩石上的擦痕
仿佛只是用来度量
你我今生的相遇
年或光年的悬崖上
一只年轻的雪豹，嘶吼出
风声

你听，河水又开始流淌了
源自你种下的那片冰林
而我不再叫它眼泪
从晶莹流回晶莹的旅途中
一颗颗小小的爱
一次又一次，倔强地
飞溅而起

2020. 5. 27

冰塔林

填满山谷的蓝色冰塔
并非风与阳光雕刻
它们在大地中孕育
生长出来
长到蓝色就停止

天空和海洋亲吻时的蓝色
一朵花在夜晚开放时
声音里的蓝色
山雀第一次振翅时
空气中微漾的蓝色

几万年才长成的
蓝色，光芒连着光芒
就像枝叶交织在一起
就像一群穿蓝色校服的少年
在操场上排练

他是白球鞋
她是双马尾

2020. 5. 19

在东绒布

我不敢有任何不敬
深夜钻出帐篷
我的背后，珠穆朗玛近在咫尺
冰塔林如静止的狂浪
如龙骨，如利剑
四周山崖俯视，威严如金刚
此刻，峡谷中
只有液体碰击岩石的声音
那声音令我震颤

注视着我的，不只是
世间的神灵，在我的头顶
我是说——
我的每一个举动，都逃不过
满天的闪光灯

2020. 5. 20

北 斗

故乡小城
停电的夏夜
一家人在门外乘凉
父亲扛我在肩头，指着夜空
看，那就是北斗七星

此刻我在绒布冰川上
望着那七颗星星
脚下的海拔，仿佛依然是
父亲身体的高度
而母亲，去了我凝望的地方

星空让我感动
我们也曾从浩瀚中
舀取一勺光芒
如今它们星星点点
又神秘地相连

2020. 5. 10

攀登者

有时他需要
山脉隆起
拔出海平面的力量
追随着鹰的羽迹
在陡崖吃力地呼吸
仿佛一对鳃尚未完成进化

有时他需要
冰雪融化
河流冲开山谷的力量
向着前方,一次,又一次
无论通往天国的阶梯
是否由乱石铺成

越临近巅峰,他越感到
支撑自己的
是嫩芽破壳、枝叶生长的力量
每一步都是表白
都是还乡

2020. 5. 26

测量者

为大地上每一点确定位置
确定若河水流过
会流往哪个方向
确定这里的一朵小花
比别处的，重还是轻

沿着一条线
一个点一个点测下去
线上有陡坡有深谷，那条线
和掌心上的某条相似
关于自己，很多都无法确定
故乡会移动
年华会移动

一个扛起仪器，对另一个说
到前面那个点位
我们的青春就测完了

2020.5.4

石　头

这里没有词语
只有和词语一样繁杂的
石头
随便摆出几颗
风听得见
雪读得懂

这里没有意义
只有和意义一样丰富的
石头
随便捡一颗带走
他们就被赋予
一次永别

2020. 5. 1

高　度

我再一次问自己
当回到都市，是否依然坚信
此刻坚信的一切

楼房不过是山峰的另一种形态
烟囱冒出的白烟
不过是另一种旗云
如果有彩虹，不过是
经幡挂在了天空

当我面对夕阳出神
眼前的景色，会不会是母亲
从另一个时空刻度
寄来的明信片

当我听到刺破夜幕的汽笛声
是否会想起这星球慈悲的高度
恰好让斑头雁能够飞越
在山的南方和北方，生息

2020. 5. 28

高原上那些措

我说爱，是以另一种方式
给予眼泪
以配得上这湛蓝
我说爱，是在传播一种信仰
眼泪如此绚烂

我是浪花，是贝壳
我是云朵也是山峰
我在猎户座的星云里
也在湖边的野花中

我说爱，一滴滴湛蓝的眼泪
一重重极乐世界

2021. 4. 18

青海湖边，一场雨

多想和青海湖亲近
多年未见，多想重新找到
被她拥在怀中的感觉——
让那蓝渗透进来
冷却我内心的噪音

我隔着景区的铁栏杆
凝望青海湖
头顶的天空慢慢出现一朵云
它似乎认出了我
突然间，湖水泼洒而下

2022. 6. 30

留　念

花田里竖着几个字：青海湖留念
我不需要拍摄任何照片

我的一个念想早已留在青海湖
它有青草和野花的香气
有白云的柔软
还带着眼泪淡淡的咸味

它迥异于我的其他念想
就像远方那片蓝
高出了大地，却并不渴望融入天空

2022. 6. 30

你的蓝

青海湖，我爱人的大眼睛
湛蓝而多情
每当站在湖边
我总有一个最自私的想法
"独与余目成"

我带着你的蓝在世间行走
分给遇到的人
分给草木和动物

每当因你的蓝
而得到幸福
我总有一个最狂妄的想法
愿把天上的星河
全都变成你的蓝
再一颗一颗还给你

2022. 6. 30

告别青海湖

又到了告别的时刻
我在心里对自己说
隔着车窗，一直注视着她
寂静，除了时间的呼啸
世界寂静无声
我努力把头扭向后方
直到她成了草原上一道蓝光
突然在那道光里，我又一次看见
载着母亲的灵车
寂静地发动，驶离
消失在路的拐角
我又一次听见自己嘶哑的哭喊：
妈妈，再见
青海湖已在眼中汹涌

2022. 6. 30

辑三　永远的远

生　日

三十二年前的此刻
我正经过一条短短的通道
去见母亲第一面

那时我怎会知道
接下来的一生
我要走一条长长的路
去和她分离

2015. 10. 20

灌　注

妈妈，我在高铁上
窗外的阳光，正缓缓地
灌注进田野的薄雾
那些小小的身影
仿佛每一个转过身来
都是你

妈妈，多想你转过身来对我笑
像个小女孩，那么多年
你俯下身子灌注泥土
挺起胸脯灌注我
我闭着眼睛
像被金色包裹的天使

妈妈，穿过整个华北的田野
却不会看见你
在我急速行驶的时候
你安静地
躺在病床上
医生正把化疗的毒药
灌注进你的腹腔

2015. 12. 10

中　药

十次化疗过后，妈妈
我开始重新考虑对你的表达

把南方变成一株红豆杉
让北方修成一棵人参
还有我魂牵梦萦的高原
我愿把它晒成虫草和天麻
我们的家乡盛产牡丹
那就再加一剂牡丹皮做药引

妈妈，对这世界我总有美好的想法
木星达到天顶时白芍开放
猫爪草常为夏枯草挠痒痒
白花蛇舌草长在溪边
喜欢在水里游泳

莱菔子就是你爱吃的辣萝卜
今年种了明年还种
水土都顺着它
就像你头发白了，妈妈
你还是我的妈妈

2016. 6. 14

大风歌

大风自北向南
华北平原的长度
是我们母子相隔的距离
能在北京问诊
赋予这种分离一丝意义

今天我得到的回答是
瘦成这样了，再化疗
怕身体扛不住

走出肿瘤医院
大风迎面吹来
我一把将你的放射片
紧紧抱在怀里
那一瞬间，我以为手里握着的
是你的手

2017. 5. 5

妈妈的病榻

每次从北京回家
我都睡在你床边地板上
你一边给我铺褥子
一边埋怨自己
三年半了
你挺过了一个个医生宣判的行刑日
念叨着去北京看你的孙子
念叨着把银行卡里的几万块钱转给我

睡在你身边半米之下
我睡得香极了
和你分离的日子
都挤进了一个夜晚
我梦见那些伤害我的人
然后就原谅了他们

睡在你身边半米之下
我在练习为你守灵
把你的床想象成棺材
夜里听到你的呼吸
或轻轻的翻身

棺材就和死亡失去了联系

有一次睡过了头
醒来不知身在何处
你坐在床头对我笑
仿佛我到了另一个地方
与你相见
妈妈，你说上天会不会突然仁慈
有一天真的让我像这样死去呢

2017. 5. 12

妈妈的病痛

妈妈痛得趴在床上
用脚背轻轻拍打着床
像一个少女在河里戏水

妈妈痛得越来越薄
薄得像一张纸
纸上写着药方写着病历
却没写下痛的说明书

在我小的时候每当痛来
妈妈总能马上找到它
像摘樱桃一样摘下
可他的儿子没学会这种魔法

妈妈痛的时候
我的心走遍千山万水
离她的痛还是很远很远

2017. 5. 14

童话世界

三年来
妈妈常说：胃难受
特别是最近
她总是捂着肚子
皱着眉头
脸色煞白地呢喃
胃疼，胃胀死了

妈妈说的并非事实
三年前在手术室外
我亲眼看见医生把她的胃
扔进塑料桶
我用谎言给她造了一个胃
在她的腹部
装进一块虚无

就像她用尽大半生为我建造
一度坚不可摧的
童话世界

2017. 8. 14

妈妈的远方

这些年我到过的地方
都是妈妈的远方
当初她送我离家
只在心中收获了一张
模糊的地图

此刻她躺在床上
虚弱得难以站立
她想再炒几个菜给我吃
可从卧室走到厨房
都成了无法抵达的远方
她的世界
缩小到视力范围内

我坐在她身边拉着她的手
把远方还给她
我们的屋子旧了
窗外的阳光崭新

2017. 8. 4

最后的光

20 毫升吗啡
勉强让你安睡
我坐在床边
看你的胸腔如海浪起伏

在青岛的沙滩上
黑暗中你曾抱着我
等太阳升起
有一种神秘的浩大
躲在我们看不见的地方
你就要远航了
你就要
到那里去了

我刚出生时
一定也紧闭着眼睛
你是我的第一道光
你把一件件事物
照亮了给我看
这就是我们的世界
你说。妈妈

这世界完好如初
只是那些光
正一点一点地返回你的体内
只是那些光
正一点一点地
从你的脸上消逝

2017. 8. 17

永远的远

夜深了
你我都不敢闭上眼睛
有时永别
不是天崩地裂
不是注视对方的背影
渐渐消失
只是一双眼睑轻轻下合
就像墙壁上表针的移动
悄然得可怕

妈妈，我们要永远分别了
永远
应该拿什么来推算
年，还是亿年？
永远尚未被证明，妈妈
而我再也不相信
我不信永远比此刻
距离你当初唱着儿歌哄我入眠
更加遥远

2017. 8. 25

最后的呼吸

妈妈，你的呼吸变得陌生
仿佛不是发自你的身体
氧气面罩下
你微张的嘴像一个火山口
让它喷发
或冷却的指令
都来自大地无底的深处
妈妈，你的呼吸
像青草想要钻出岩石那么吃力
像你那夜拼命抱着我
跑向医院的急诊室
瘦小倔强得让人心疼
今夜，我守着你的呼吸
仅有的几盏星光
也随你的呼吸明灭
呼——
吸——
让我血液一次次流遍全身的
不是心脏的泵动
是你的呼吸

2017. 8. 25

七　日

第一日：人间

火车站依然来来往往数万人
市场里买菜的妇人
依然为了五角钱讨价还价
婚宴的礼炮在天空滞留烟团
孩子们穿着跆拳道服装
等待过马路
喇叭声叫卖声
笑声
人们三三两两走出灵堂
商量中午去吃什么
我在棺材前
盛了一碗你爱喝的汤
都凉了
你还没喝

2017. 8. 25

第二日：火化

你本来就瘦

癌细胞和化疗药

在你身体里

燃了三年战火

你瘦得只剩一副骨架

今天还要再把

你的骨头烧成灰

看着他们抬你上车

我突然

被三十几年时间的重

击倒在地

拉住不知谁的衣服

我磕头哀求

拜托了

麻烦你把俺妈妈

好好烧

2017. 8. 26

第三日：你的名字

打我记事起

谁叫起你的名字

都仿佛是在夸奖我

事物永远不会出错

你的名字

是昼夜交替

是风霜雨雪

后来我离你远了

爱芹，爱或者芹

这些字

就像我身上最敏感的穴位

总能轻微而迅疾地

给我一个激灵

现在听他们哭喊

你的名字

看墓碑上深刻着

你的名字

我竟反应迟钝

似乎王爱芹根本就不是

我妈妈的名字

2017. 8. 27

第四日：遗物

坐在你常坐的椅子上

想象你独自度过的时间里

窗外的阳光或雨线

腹部和后背的疼痛

我试着模仿你的姿势

茶几上的水杯

仿佛还有温度

几瓶没吃完的药

一个小本子

记了几页电话号码

而你的手机再也无人接听

床头柜里

有你舍不得戴的

人造水晶项链

你一生

从未拥有过值钱的东西

作为你留在这世上

最珍贵的遗物

我

感到无比羞愧

2017. 8. 28

第五日：你的衣服

你的衣服

我们一件件烧给你

碎花连衣裙

棕色呢子大衣

红色羊毛衫

从未见你穿过的

蓝色绸质外套

我们烧了春天的你

烧了夏天的你

烧了秋天的你

又烧了冬天的你

仿佛浓烟是升华的形态

灰烬

是净土的文牒

2017. 8. 29

第六日：问

如果你已是银河外一颗新星

你的光何时才能抵达我？

如果天堂和人间

不过是两个平行空间

你能看到我听到我吗？

如果你进入轮回投胎转世

佛祖会因为你我是母子

而让你生在我身边吗?

如果这世界只是幻象

在真实的世界我们相识吗?

从一场梦里惊醒

会掉进另一个梦吗?

你新的身体

还那么瘦吗?

你那里热吗? 冷吗?

我是你的儿子

我从你肚子里来

我要到你去的地方去

可是

可是妈妈

你去了哪里?

2017. 8. 30

第七日：送别

七天算是一程

告别时

我们再也不用忍住眼泪

这些年，一次次离家

我总是很快转过脸去

而你偷偷地

从窗户望我

偷偷地哭

再也不用说

"别送了，快回去吧"

再也不用说

"你那么忙，别回来了"

再也没有铁路

将我们隔开

再也没有火车思念心切地

载我去见你

2017. 8. 31

故　居

我和妈妈共同的日子
都变成了那些锈迹
那些霉斑　开门时吱呀的声音
仿佛妈妈在叫我　天凉了
吹过窗扇的风　也是妈妈的气味

如今一纸拆迁告示
就像当年的诊断书　再一次通知我：
时日不多了
我用额头紧紧抵住白墙

妈妈走后
事情都变得简单
你们让她再走一次
我就让自己再哭一回

2018. 9. 14

梦

有时你笑得就像上午的阳光
你推着三轮车上一个小坡
坡上是我们的家
你进了家门满脸骄傲
有时你说憋得慌可缠在你身上的白纱布
我怎么解都解不开

我怎么也解不开你的白纱布
有时你需要人搀扶才能
走过一扇小门来看我
有时你穿上新买的运动装
刚跑步回来又要出去跑步
那次你染了棕色头发仿佛我的女儿

染了棕色头发俏皮的姑娘
你背着农药桶上一个小坡
坡上是外婆的家
糖纸般的杨树叶撒满庭院
而我要去火星参观
从格拉丹冬雪山出发
那里没有你

我从格拉丹冬出发去火星参观

火星上没有你

你用力地上一个小坡推着三轮车

我就坐在车上

阳光把你的头发染成棕色

我们一家人的脸在阳光里闪亮，妈妈

我不知道这些欢笑是在哪颗星球

2020. 1. 3

天国银行

母亲留下一张银行卡
背面有她写下的　我的名字
她弥留时曾向我提起
你的保险　在床头柜

我从不知有什么保险
或许是我读书时
母亲从每月工资里抽出几张
想保她的孩子平安健康
或许她又一次受骗于
小县城某种把戏——
卡里并没有钱
这些都已不重要了

母亲走了快 3 年
我无意间发现那张银行卡
有了几千元存款

拿着卡片我双手发抖
仿佛看见天国银行柜台前
微笑的母亲　正满足地

把积攒一年的云朵
兑换成人间货币

2020. 6. 18

当我想你

妈妈，当槐树开始落黄花
我就想你
当天空开始上升
我就想你
当孩子们开始打雪仗
我就想你
当大风开始夹挟尘埃
我就想你

妈妈，我一想你
槐树就开始落黄花
我一想你
天空就开始上升
我一想你
孩子们就开始打雪仗
我一想你
尘埃就被大风吹起

2020. 7. 10

腊月三十

公园里，爷爷把孙子扛上肩头
多少人被这样举起过童年
欢笑可以流传
废墟上，儿子围着受伤的母亲
转了一圈又一圈
泪水可以流传
寒风吹过的每一条枝丫
都是燕子的新家
妈妈，这就是我今年想对你说的
我爱这世间的爱
我已为它们贴上春联

2021. 2. 11

妈 妈

天空多了两片云
因为风微调了角度
轻柔的旋转像一个酒窝
转向一朵刚绽放的花

花开是因为叶子
吸入一口特别的空气
因为抚摸花苞的那缕月光
改变了频率

月亮望进那扇窗户
那震动的来源
寂静的夜里
轻轻的嘴唇的两次碰触
不由自主叫出的——妈妈

2021. 10. 7

幸福在流传

火车飞驰，一百里，两百里
三百里
而你我的距离不会因此改变

田地里，玉米手捧礼物
肩并肩站着，那么恬静
杨树梢，一家麻雀同时起飞
天空空的，蓝蓝的

车厢里的喧闹像一条小河
一路流淌下去
就在我面前
一个少年剥橘子
给一个中年女人
递过去的时候，掉了一半在地上
两人轻轻地惊呼
又相视而笑

妈妈你看
我们曾拥有的幸福
一直在大地上流传

2022.2.28

清明致母亲

妈妈，这春风很好
柳枝上缀满黄花很好
我也很好

我并不是今天
才特别想你
我每天都特别想你
这样很好

每一条小鱼新生
湖水都知道
湖面上耀眼的粼光很好
太阳快落山了很好

我写的每一首诗
你都说很好

2022.4.5

北京站

许多次，我和母亲
在这里重逢和告别
永远人头攒动的站前广场
旗杆和"北京站"三个大字
我们默默走在候车队伍中
在月台上，母子相视微笑

如今再也等不来母亲
我已接受这一事实
从不抱任何幻想
忘不了那最后一次
当火车头出现在视野中
越来越近，我激动得攥着拳头

今天，我第一次
从背面看到北京站
熟悉又陌生的北京站
我站在明朝的城墙上
看着古树、桃花
月台和标志性的钟塔
当一列绿皮火车

出现在铁轨尽头
我的心突然开始狂跳
我的心莫名地
狂跳

2022. 4. 7

地质大学讲诗歌课回家途中致母亲

和同学们一起
读了一晚上诗
回家路上看到开花的泡桐
想起故乡和你

我依然回答不了
有用与无用的问题
依然被失败簇拥着
偶尔有一朵小红花

妈妈，儿时的小红花
你都替我保存着
每做一件荒唐的事我都想
妈妈应不会责怪我

此生我得到的最高评价
就是你常对人说的：
俺少勇和别人都不一样
他最傻

2022. 4. 14

辑四　亲爱的生活

外馆斜街

我住在峡谷中
两岸山崖，因一层层生活的堆积
而陡峭，车流不息
像游荡的鱼

天空时常有更大的鱼游过
但很少被留意
树忙着开花，草忙着抽芽
蚂蚁忙着搬运
这里有家银行
利率偶尔浮动但大体稳定

比如我，十几年光阴存进去
每年春天，酒酣归来
都能支取几缕
吹鼓豪情
或吹干眼泪的风

2022. 3. 27

时　间

在水龙头下洗头
总能让我想起父亲和祖父
我们三代人
在无数姿势上重叠过
而这是一个确切的瞬间

仿佛我又回到那时
重新在侧后方端详他们
我知道，我们身上散发着
相同的气息

类似于饮水的公牛
喝着同一处河水
却站到了不同的岸边

2022. 3. 15

手捧一簇蒲公英种子过桥

工人们正把拱廊上缠绕的紫藤
切断，清除，让那金属的框架
看上去更像金属
刚过去的春天我每天写一首诗
写过紫藤，写过天空和湖
有个声音说：你这样写没用
另一个声音说：爱是宇宙的意义
鸬鹚一次次潜水捕食
她的孩子们都在旁边等，等妈妈
露出水面，高兴地围上去，喝彩
发出世上最美妙的声音
下雨了，我摘下一簇蒲公英种子
小心翼翼地捧着它们过桥

2022. 5. 10

翅　膀

他把每一天
做成一片羽毛
平凡的闪着失败光泽的每一天
没有图纸，也没有目标
他只是默默地虔诚地
把每一天都做成一片羽毛
竟然有一天
他从一直匍匐的地方
飞了起来
他飞得并不高，摇摇晃晃
但在那一刻，他的同伴们
震惊地发现
有一种叫翅膀的东西
是的，他拥有了一双翅膀
他匍匐的每一天
都变成天空的颜色

2022. 6. 5

亲爱的生活

排最长的队
走最远的路
用尽可能慢的脚步
遇见更多的人

让所有的渴望都下雪
让所有的仇恨都开花
唱最可口的歌
哭最绚烂的哭

爱什么
就让什么幸福得要死
就这样幸福下去
一直到死

2022. 4. 13

姿　势

早晨，在外馆斜街
我看到一个人骑车的身影
背着双肩包，身体微微前倾
双脚快速用力地蹬

早晨，在两场雨之间
一个亲爱的陌生人，代替我
钻进了这个姿势

2022. 7. 4

回　信

落下的悄然落下
飞走的倏然飞走
沉默的兀自沉默
聒噪的继续聒噪

桥南跨，水东流
你问我最近怎样
一瞥丁香
一瞥海棠

2022. 4. 10

练习曲

每天，儿子都练习吹奏小号
新的曲子，总是从生涩开始
听着那磕磕绊绊的旋律
我却常常心怀感激

每天都像一首练习曲
我们希望找到正确的节奏
希望一连串的音节顺畅连贯
休止符休息它应得的时长

恰是那些笨拙而坚持的瞬间
让时间留下
摩擦的痕迹
让幸福真实可触

2022. 6. 20

大风过境

妻看着窗外说
今天风大，大风过境
是有风正经过卧室和客厅
儿子在我身边熟睡
这位于 5 楼 60 平方米的房子
是我们一家的领地

不，不只 60 平方米
当我们欢笑
当我们彼此安慰
当我们朗读诗文
这些时刻叠加起来
在楼墙外筑起一片光晕

日光和月光过境
飞鸟和昆虫过境
对这些客人，我们心怀喜爱
此刻大风过境
迷人的秋日清晨
我仿佛看到一队饥冷的骑士
在霞光中踏入温暖的国度

并为之感动

2018. 10. 6

闪电过后

闪电过后
雷声即寻他而来

在雷声奔驰的时候
秒针走了半圈
一只蚂蚁在屋子里
完成五厘米的搬运

闪电过后，他有足够的时间
做出那改变一生的决定
有足够的时间
亲吻熟睡的儿子，或者
让思绪飞到乌苏里江安静的冬夜

闪电过后，这一切
似乎都不曾发生
雷声的马呼啸而至
让他心头一震

2016. 6. 10

雪中的武判官

一场又一场雪落满山路
一座又一座废墟掩埋时代
轮台的那场雪令人震惊
但并不稀奇，星空和大海也是
无数人消失于苍茫

千年过去，幸运的武判官
依然在帐中听琴饮酒
酒酣出门，系紧衣襟，拱手作揖
与友人依依惜别，吟诗相赠

他骑马踏上归途
崭新的马蹄印还留在雪上

2022. 5. 27

外婆家

外婆家门前没有了路
我在这里看过的星星
如今都长成野草　看着我

这些年　什么都变小了
村子变小了
妈妈变小了
小得轻易就能含在眼里

门前的大土坑
装下过我整个童年
如今也变成小小的鱼塘
里面的鱼
正一条一条被钓走　而神
没有阻止

2016. 10. 8

最好的时刻

有一天　当我们中的最后一人
也葬身这片墓地
我们的名字
被刻在同一块大理石碑上

就像此刻
我听着你们酣睡中的呼吸
距离明天的分离
还有一段距离

2017. 2. 10

离家前夜

这最后的夜晚
已闭合如紫色的酸酸草
风　自十五岁的秋天吹来
灯灭了　这座小城

父母已在里屋睡下
弟弟坐在客厅
水龙头和秒针滴滴答答

时间太慢了
我一不小心跑到它前面
静静回望——
在安详的黑暗中
酸酸草　那四片紧紧抱着的叶子
根本不需要黎明
再次开放

2016. 9. 18

美学原理

书架上有一本书
《美学原理》
快被我遗忘了
有一天翻开，看到扉页写着
"2013.12.21　黄昏
北大三角地新华书店"

回想起来，那个黄昏多么美
晚霞挂上图书馆的屋檐
银杏树肩并着肩
那是我最后一个
古典浪漫主义的黄昏

之后我的人生中
有了类似梦境和回忆的
印象主义光影
有了试图理解和说服的
抽象主义线条
还有那些巨大的
令人眩晕的颜色块

2013 年 12 月 22 日上午
母亲确诊胃癌
从那时起
我生命中多了一门课程
美学原理

2021. 4. 13

另一半天空

我让司机慢点开
前方出现一些云彩，别撞到它们
我说那朵云像雪山
她说像手
指向左边的手

而我们即将右拐
这是北京二环里面
距离天黑还有两个小时
我们坐在车里喊云彩的名字
我偶尔看她一眼

没有什么要紧的事
阳光也让人惬意
我们看着前方，没注意到风
没注意到在我们身后
另一半天空万里无云

2016. 6. 16

爱的方式

这个黄昏
北京以雨水爱我
雨水打湿我的左脚
并以此爱我

潮湿的小径
有些人远离我　　而爱我
有些人一生寻找我

生活以纷杂爱我
身体以衰老爱我
掌管一切的神多么爱我
赐我充足的眼泪

你多么爱我
你剖开胸膛说：
我心里太闷了而你渴望辽阔

2017. 5. 23

爱与重生

我的阳光里
多了第八种颜色
我的每一分钟
多了第 61 次心跳

眼泪有了樱桃的味道
即使偶尔悲伤
也是一片果园

我恍若置身陌生的星球
你要重新教我
认识那些花草
重新教会我　爱

每次入眠都是
把你的名字裹进珍珠
每次醒来　因为
你又将我创造了一次

2017. 4. 13

苹　果

想起你
我买了两个苹果

我想我是爱你的

一个苹果被我吃掉
另一个放在书桌上
看它枯萎

2016. 12. 4

那一年

我们一起在路口等绿灯亮起
是多么幸福的事
肩挨着肩　交谈或沉默

车辆川流而过　风和云也在赶路
而我们——停顿下来
拥有同一个方向　却没有什么
催促我们前行

2019. 7. 17

和 弦

太阳在下班路上
偏爱抒情的电台
鼓楼墙角下　一个流浪歌手
正用和弦
把秋天的黄昏分解

风吹过人行道
吹过电线
吹过银杏树行和屋檐
有只麻雀犹豫不决
在高音与低音间徘徊

夜色慢慢落下来
天边那绺红云
就像一根琴弦
割破了光阴的手指

2016. 9. 13

金色黄昏

在北海和故宫这一片
金色的云飘过
涂染了白塔和殿檐

水边的树黑压压
车流和人群　因为太矮
尚未被神灵触及

城墙根传来窸窣声
在我想起你的空当
时间正把金子偷去　打成一枚
夜空中的指环

2016. 8. 26

希望之所

清晨
有人在寺庙排队进香
有人在肿瘤医院打听
自己还能活多久

有人从寺庙出来，进了肿瘤医院
有人从肿瘤医院出来，进了寺庙

2016. 8. 23

门诊大楼

和我们一样
它的心里
每天人来人往

它每一个器官里
每天都有
无声的叹息

2018. 10. 10

俺们那里无悲伤

朋友问我　你们那里
悲伤怎么说

俺们那里
被人误解了　两口子闹矛盾了
就说心里不是味
老婆跟人跑了　家里被偷了
亲人得癌症了
就说难受得不行
而在葬礼上哭得最狠的
俺们说他疼得最厉害

想了想　其实俺们那里没有悲伤

2016. 7. 24

割水草

割草船在湖上游弋
男人驾船，女人持耙
闹市中的这个场景
令我想到收麦的田野
采莲的水乡

捞起来的水草就像
刚剪下的湿漉漉的长发
岸边堆起一垛垛

他们在夕照中返航
男人驾船，女人看手机
船上空空的
除了一个被水草收割的下午

2022. 5. 9

黄昏一角

他不敢大声说话，似乎
千里外的小孙子
正熟睡在他怀里
他甚至不敢抬头看夕阳
两双寂寂的眸子相对
又能说些什么呢

他，他们
正蹲在街边看手机
和铺天盖地的八卦新闻不同
他们刚用一块一块砖
把又一天垒成
馒头还未出锅，灯已亮起

风卷起一张纸片
飞向街道那头，在城市里
他们身上有多少灰尘
村庄里的亲人
就有多少雨水

2017. 3. 29

鱼

卖熏鱼的隔壁卖金鱼
老孙有糖尿病
他做熏鱼不加糖
老李一家都伺候鱼
女儿先天残疾
原本对面还有个老李
欠债跑了

市场的一角，霓虹灯
营造出恰当的氛围
来来往往的人脸映在鱼缸里
鱼来来回回地游

市场外是护城河
护城河绕着城

2022. 4. 9

艰难的选择

雨后，蜗牛们爬上公园的石板路
许多死在从天而降的大脚下
为了挽救这些盲目的探险者
儿子小心地在路上搜寻
轻轻地把它们放回草丛

一只蜗牛停在同伴的碎壳旁
伸出触角，试图把那尸体唤醒
我和儿子都感受到它的悲伤

儿子看着我——
留下它，还是移开它
我们不知道，哪一个才是正确选择

2022. 7. 5

独自进食的人

每当在街边在公园里
看到一个独自进食的人
我就会难过

那默默地认真进食的样子
像在履行一场献祭
一场无论在何地
无论用何种方式都不得不
履行的献祭

而我们常常误以为自己
不是孤身一人

2022. 6. 13

从源头到大海

书架间有一面许愿墙
那些愿望，不知实现了多少
写下愿望的人还好吗

都是多么普通的愿望
愿与一个人在一起
愿在一起的人平安
写下来却那么动人

书店里正举办一场诗歌活动
主题叫从源头到大海
一条河总是不断地
与大地达成和解

2022. 6. 29

迁　徙

角马群穿过东非大草原
这条路线，编写在
它们的基因里
有些生来就为了这次迁徙
并死于途中

我和我的亲人
也向着同一个目的地迁徙
有的已率先抵达

我不知道那是什么地方
但我知道，每个人都为彼此
准备好了一个雨季

2022. 4. 20

墓志铭

他于春日正好时
在微风里走过

2022. 3. 5

辑五　两个男人的手

另一颗星球

——悼恩师任洪渊

先生，树叶开始落了
我们该去吃顿烤鸭了
你的诗和思，想念它们的听者了
顺便聊聊诺奖和美国女诗人
聊聊大海的此岸和彼岸
陆地披一件黑色的幽默
不曾为你停下脚步

先生，我梦见你让我修改诗句
你说生命的感受要更直接
醒来我却找不到那首诗
一定是你新写的吧
我多么懊悔
哪怕记住一两句，面对星空
也不会这般疑惑

丽泽 4 楼 3 单元 403
是最神奇的所在
时间常常凝结，我逗留在
你的词语和激情中

忘记了窗外一群群狡猾的乌鸦
忘记了偶尔钻进来的
刺鼻的油烟味

那些时刻，我看见一个完整的宇宙
环绕着你，先生
其中必定有某颗星球
人们以智慧为粮食
讲台和书本都为诗人空着
每一家饭店都对诗人打折
某日我去找你
请带瓶好酒为我接风

先生，还是像过去那样
我等你电话吧
等听筒里传来你的声音——
少勇，现在方便和你说话吗？
方便的，任老师
这世上每一对耳朵都方便
您说吧

2020. 10. 9

骑车回家途中致任师

每当你把新写的诗读给我
总说"想听听你的意见"
然后凝视着我
或半眯起眼睛听我说
可我能说出什么意见呢
有时你严肃地打断我
"直接说你的感觉就好"
我感觉走进了漂浮于大海中央的
一座宫殿,那宫殿精美绝伦
却不用一颗钉子

这是老师对学生的一次次测试
那些年里,我既害怕又盼望着
今天,我把最近写的诗整理打印
最近我又有一些新的想法
任老师,当我停在十字路口
望着景山上一片白云
不知为何突然喃喃地
说出那句话:"想听听你的意见"
突然就流下泪来

2022.6.24

亲爱的文森特

——致文森特·梵高

亲爱的文森特，你的颜料用完了吗？

你是否也像我一样，在黑暗中睁着眼睛想

你想左边是粉色和淡紫色的灌木丛

右边是紫罗兰的教堂，钴蓝

是一种神圣的颜色，可惜太贵了

你想那些颜色，就像一个孩子

打开铁盒，数他珍藏的糖果

你使用那些颜色，你使用孤独、狂喜、悲伤

你使用哀鸣，你使用热爱

你是要重新命名这个世界吗？

可在你笔下，孤独、狂喜、悲伤

都没有坚硬的轮廓，一点点星光

就能让它们融化，它们纠缠着渗入彼此

变成了村庄、农民和柏树

变成了你，文森特

太阳一出来，你的调色盘就解冻了

快出去画画吧，真想让你看看

一千种蓝色正在水面嬉闹

你说不，不是蓝色，是音符
你拿起画笔，就惊飞几只
它们飞到你的画布上，而你无法阻止

瞧这个疯子，美好算什么？
一盎司美好能换一杯苦艾酒吗？
一百平方米美好也抵不了你的房租！
你在黑暗中睁着眼睛想
你想疯子和天才这两种颜色，混在一起
或许能铺成秋天的林荫道
不，天才太过艳俗，天才属于贵妇人

你是否也感到自己像根麦苗，文森特
今天的风是绿色的，你刚刚给绿色起名寂静
你让它灌满你的心
你是否也感到你的脚下是整个大地
你的头顶是整个天空
当大地和天空连在一起时
你就变成了一种颜色，你把自己涂在画布上

在这样的时刻，亲爱的文森特
除了任凭感激的泪水流淌
又能做些什么呢？
幸好，我们的颜料还未用完

2020. 2. 12

亲爱的马克

——致马克·夏加尔

所有人都在，所有人都在欢笑
那些死去的和衰老的
你的村庄正上演一场马戏
你的妻子手捧鲜花
你取下黎明时天空的蓝色
取下时钟里的发条
故乡太美了，只配待在梦里

你家门前有株白色沙棘
被砍伐了一千次仍在那里
它的根须遍布你的身体
它的刺是教堂的尖顶，刺开
锁住飞翔的蛹壳

所有人都在，所有人
都在衰老和死去
生命中最想铭记的瞬间
和眼泪本就摆放在一起
如同婚礼上的香肠和烈酒
而你一直手拿画笔

一次次为它们涂上
黎明时天空的颜色

爱，你说亲爱的
是被黑夜照亮的鲜花
你让故乡在天上生长
公鸡把月亮踩在脚下
那么爱，爱就是一头小驴崽儿
总能蹦蹦跳跳地回到
和母亲初见的那天

2022. 1. 13

把树林唱消失的鹂鸪

—— 致赫塔·米勒

没有那个剧目
我翻遍所有线索
她不叫萨菲娜不叫简

没有钢琴声和只剩第一章的乐谱
没有玫瑰
没有被烧毁的情诗

在雨中蝴蝶都躲进小房子
没有流星让她抬头
没有把树林唱消失的鹂鸪

我翻遍口袋找不到票根
我不曾看过那场演出

清晨的阳光真好
阳光让我记起那幕悲剧
并坚信它从未发生

2017. 5. 28

鲁院笔记之八

——致安娜·布兰迪亚娜

我爱上一个
叫安娜·布兰迪亚娜的女人
此刻她正安静地躺在我枕边

我爱她的才华她的容貌
我爱她小女孩般的
好奇与任性
爱她让诗行浮在纸上的泪水

我一个人的时候
就喜欢和她说话
我爱她爱得
想把我身体里长出的每一个字
移植进她的每一行诗里

2017. 4. 27

他

我从昆明飞到上海
又飞向北京
他去了外婆家　菜市场
妈妈的墓地
他还去了 1990 年的照相馆
骑着那辆凤凰自行车

他的时间与我的
本就不同　更何况
越靠近质量巨大的物体
时空越扭曲　故乡的黄昏
有弯曲的田野　弯曲的
连成一片的黛瓦屋顶
从住院楼高层望去
那么光明而永恒

我记得 7 岁那年一场大雪
他牵着我的手走在雪中
像头恭让坚忍的雄狮
其他的我遗忘了
那场雪　飘得很慢

如今刚落满他的头发

2021. 12. 1

小宇宙

——给张羊羊

对你来说，谁敬你酒
都是一场仪式
你面前总是摆着
太平洋，大西洋，印度洋，北冰洋
常常两个大洋通于一个海峡
那是你喝嗨了

你每天只吃食物链底层的一点
那天爬山看你走在前面，我就想
你身体里一定有个小宇宙
那些星系
是你故乡的植物和小动物
它们彼此深爱
相互赠予能量
坚守某种光明的定律

就像你的行星醉酒之后
依然不忘绕着太阳

2017.6.11

异姓兄弟

——给郝晋

我叫他老二
只有几个成员的喝酒协会
他是副会长
他叫我老侯
一部小说风流倜傥的主人公姓侯
许多年，我们叫得那么自然
那么顺口
那么像一份私人财产
那么抒情……

但如果在我王少勇的葬礼上
他痛哭流涕，摸着没剩几根头发的脑门
喊：老侯啊，你怎么先走了啊
周围的人会想，这个老头
要么走错了地方
要么交错了朋友

2018. 10. 31

兄　弟

——给刘冲

有时会有片刻的沉默
沉进回忆里
仿佛回到过去
就像儿时骑车到你家门前

那些浪漫的夏日
我们在街头游荡
曾钻进电影院
看一部无厘头电影

当荒唐与狂欢都过去
在昏暗的光雾中
我们不知睡了多久
醒来时，剧情已变成悲剧
银幕上正是我们自己

你回过神来
拍着我的肩膀说
兄弟，这电影票
买赚了

2016. 10. 4

在北京的胡同里

——给石岩

今天看到一个侧脸
很像你的父亲
在北京的胡同里
我拎着两瓶黄酒，已是
当时我们父辈的年纪
而你已戒酒

我跟在两个孩子身后
他们刚放学
一胖一瘦
我看他们打闹
听他们的笑声
不知不觉走过三条胡同
我知道他们要回家去
你知道我在想什么

2022. 4. 1

月圆且大

——给乔思伟

你说今夜月圆且大
能来天台赏月饮酒否
我欣然前往，不料乌云四起

我不在意云层遮住了月亮
在人前我也常把心遮起
比起赏月，深夜外出的动机
撸串更可信，说热爱
不如说反正也是闲着

因此，你邀我赏月饮酒
这件事本身，就像一个月亮
又大又圆
因此，我们聊着聊着
一轮明月就挂在了天空

2022.6.14

九　月

——送刘照之德意志

没有哪个时节　比此刻更适合送别
九月　天高云远　凉风沁脾
说什么长亭古道　天涯何处无芳草

火辣的青春如铁骑　征服过亚欧大陆
可命运这玩意儿　是精密仪器　是齿轮
是气缸　是爱因斯坦　是重型坦克

小龙人去掉小字　变成龙人　会感觉
有点奇怪　小曹去掉小字
变成曹女士　立马高大上了
大北京　大法兰克福　小小的倔强

我们如今谈论的　由不着边际　变成
庸俗不堪　成熟　怀疑大多数事情
我不相信锅里的鱼　能游到莱茵河去
不相信出门　会下起一场啤酒雨

世界就是如此　逼我思考哲学问题
他说　存在依附于时间

我说　给我个存在看看
他说　悲剧是伟大的力量
我说　放开那匹老马　让我来承担

写到这里我有点难过
就像看到　丢勒用铅笔画下的
母亲　我们总是匆匆忙忙
生怕错过　根本不存在的东西

洗尽铅华了吧　痛改前非了吧
九月　突然觉得我们变好了
以至于有点　配这个名字
九月　既然已经这样了　我说兄弟
既然已经这样了　干脆我们慢一些
让时间去　慌张

2019. 9. 12

两个男人的手

天黑了
大巴车经过的雨
我们还要反复经过
握着你三岁的手
我突然意识到握在一起的
是两个男人的手

此刻你梦见了什么？我的孩子
那条怪兽和仙女
出没的道路
你必须小心地跳过
星光的积水
你会握起朋友和敌人的手
握起心爱姑娘的手

有一天　你也会轻轻握住我的手
像我此刻这样发现——
这是两个男人的手

2015. 4. 4

思念我的猫

我的猫不知道春天是什么
去年秋天后，我再没见过她
我的猫不知道冬天是什么
第一次见到雪时
她开心还是难过

我的猫应该就在这街区某处
和我面对不同的世界
她比我更懂风中的讯息
但风没能帮她回家
或许她是故意和我捉迷藏

既然她有本事藏好
让我找不到
就一定能度过冬天
春天是什么并不重要
我的猫度过了冬天
就能嗅到春天
香甜和思念的味道

2022. 3. 25

十七个词条

陌路

我在没有你的世界梦游
因此你梦不见我

离别

我穿过整个沙漠来看你
为了送你一张船票

七夕

你我互为彼岸
爱情得以流淌

恋爱

拥抱不到你
我感到空气稀薄

干旱

小雨和多云私奔了
留下的西北风脾气暴躁

事业

让这忽生忽灭的世界
因我的热爱永恒

清晨

幸福树收获阳光
我丢了一首梦里写的诗

美梦

这世上最动人的句子
皆用我的母语写就

失眠

骑羊走遍大千世界
找不到梦乡的路口

闪电

神的烟花
不是为了取悦人

云朵

不可捉摸的心
投影于蓝色幕布

月亮

义务劳动的邮差
把一个人的目光寄向千里之外

叶子

草木站在风中
用阳光和泥土写诗

冬天

杨树背向我站立
把繁茂的枝叶藏在胸前

啤酒花

烤串店的玻璃窗外
走过一个绿裙的姑娘

酒徒

酒瓶环绕我
如鲜花环绕墓碑

勤劳

每一秒
都不遗余力地推动着下一秒

亲爱的地坛

一

阳光就这样洒下来
林中拍照的人
选择光明的领地
而廊亭附近
阳光被歌声化为液体
空气变得黏稠
像印刷术中
尚未冷却的松脂

孩子们一年年
跑过银杏路
落叶已被妥善储藏
太阳在南回归线
掉转了船帆
蝴蝶在泥土里
梦见前世的　风

草木间巨大的悲悯

像舞台上黑暗的角落

二

一小时，在殿檐的阴影上
一天，在斜云的火焰里
一年，在银杏叶的旅途中
几十年，在老人眼里的深潭
几百年，在柏树的树干
几万几亿年
是嵌在路上的卵石

一瞬和永恒
是她转身召唤我时
左臂从蔷薇上蹭落的
尘埃

三

祭坛的四周
柏树格外粗壮
皇家年年祭地神
从不见地神现身

地神家族的一支

就散居在这些树里
有几棵树被凌霄杀害
夺权篡位的故事
地神不管　地神搬家

牡丹园里　牡丹不见踪影
她们站立过的土堆
像挤在一起的
坟丘　已经为下一个春天
准备好家园

四

松枝一层一层
为了麻雀好栖身
栾树上不肯落下的果荚
等着收留孤星
喜鹊在林中合唱
不同的声部
开出各种颜色的花

玉簪花有雪的音色
雪有祷词的色温
瓦缝间钻出细苗
过去或未来

红墙映出长长的人影
清晨和黄昏

云把自己打扮
鸽子觉得好看

五

太阳反反复复升
朝露反反复复生

经文反反复复地
讲一个道理

此刻在地坛，如我所见
光
被反射折射的光
被遮挡的光

六

蒲公英倚着砾岩
喜鹊在栾树的臂弯
风离开了　又回来
月光悄悄地

给落花披上薄毯

我也曾这样坐在亲人们中间
在欢笑的间歇
短暂的沉默中
我多么感恩
感恩他们都在

在这宇宙的小小角落
在这不可思议的存在中
我对自己说
如祈祷又如顿悟般
一遍一遍对自己说
时间尚早

2021. 12—2022. 2

后记：我甘心流泪

王少勇

我关于这世界的记忆都是美好的，对世界满怀感恩之情。

母亲走前，对我说的最后一句话是：你们都那么好，可惜我们的缘分只这么长，你不要太难过。恩师任洪渊在生命的最后时刻也曾对我说：今生能遇到你这样的朋友，我很知足，你不要忧伤。

你们都那么好，因此我甘心流泪。你们都那么好，因此我不忧伤。

我曾在诗里写过，父母为我建造了一个"童话世界"。这并非指溺爱、纵容，并非无视生活中的艰辛和苦难。而是他们让我看到，人们都彼此爱着、互相关怀着，让我相信世界本就如此。父亲是一个善良而浪漫的人，他追求母亲时，手写一封50多页的情书，他总能有办法给我们平淡的生活增添情调。母亲也是一个善良而浪漫的人，现实生活凸显了她的善良，遮蔽了她的浪漫，这是许多母亲的悲剧。面对病痛和死亡，她让我看到一个生命所能拥有的尊严和高贵。父母一直都竭尽全力帮助他人，他们的善良，让我和弟弟总是愿意去感受他人的感受，内心敏感而丰富。父母从不匍匐在地，他们的浪漫，让我和弟弟都热爱艺术，钟情于无用之事。

在我成长（至今仍在成长中）的每个阶段，身边从不缺少真心朋友，他们理解我，包容我，鼓励我，帮助我。我的妻子更是为我做出了巨大牺牲，她默默承担起我逃避的一切，无条件支持我追求理想，没有得到应有的回报，却无怨无悔。他们惯坏了我，让我常常像孩子那样任情任性，也像孩子那样拥有许多不切实际的梦想。

在 27 岁那年，我有幸结识了任洪渊先生，做了他 10 年的弟子。先生的气质和人格，先生的才华和博学，先生对语言睿智的体认，都深刻影响了我。我虽愚钝，但如此靠近一位伟大的诗人，也让我靠近了诗。先生常对我说：人生重要的不是住什么房子，开什么车子，而是对宇宙有什么想法。这是我的座右铭。先生最后的日子，身体十分虚弱，还几乎每日打电话来，修改诗句或口授他未完成的自传。这让我明白了身为一个写作者，应当怎样完成自己的生命。

我出生在鲁西南一望无际的平原，但从小就喜欢"饕餮地图"，许多山河湖泊的名字，念起来就令我心动。后来我从事记者职业，领域又关乎自然，是幸运，也是必然。我曾在大洋中漂泊，曾独自徒步转山转湖，曾在珠穆朗玛仰望星空，多次体验过马斯洛所说的"高峰体验"，在巨大的幸福感中任由眼泪流淌。那样的时刻，我感到自己无所不在：我是天空的浮云，亦是山峰的岩石；我是涌动在太平洋的浪，亦是遥远星座里的尘埃。因此我相信，我与这宇宙本来就是一体的，一切都在流转，一切平等无差别，一切都是来源与归宿。所有的事物都彼此联系，并且远比我们认为的紧密。

因此即便生活在都市，我也常常发现，身边的一切都那么奇妙。一场雨，蔷薇、丁香、梧桐叶都收藏了水珠，这些水珠有的被鸟衔走，有的爬上阳光的梯子，回到天空，风吹来，它们又回到大海。而那些花、叶会在约定好的时间返回泥土。公园里有些树和我彼此熟悉，我对它们充满敬意。年复一年，生叶、开花、结果、凋零，那么从容不迫，那么坚忍不拔。因此我相信"生生之谓易"，"大曰势，势曰远，远曰反"，而又"如如不动"。

因此我相信诗有奇妙的魔法。"物因风之动以有声，而其声又足以动物"。这里的风，我不只理解为空气的流动，也理解为时间的流动和宇宙的流转。风一直动，万物皆有声。那声音撞击我的胸腔，我不由自主地吟唱，以此回馈万物，它们又都能感受到。

因此我相信字与字、词与词之间奇妙的联系。一个字词，就像一棵树，我们看到的只是露出地面的部分，而在泥土下，它们的根系和真菌网络，无时无刻不在交换着信息（当然，它们的叶子也在空中说着话）。东坡先生说"诗画本一律，天工与清新。"创作一首诗，最高理想就是创造一个自然的生态系统，一个独立的、完整的、自足的世界。我们以自身的生命冲动，赋予一个个字词生命，把它们放在一首诗中各自的位置上，让它们自己去相连去生长。如果说诗有技巧，选择什么样的字词以及如何放置，便是技巧。但与赋予字词生命相比，技巧无疑是次要的。写一首诗，不在于写什么，怎么写，而在于这个能够自然生长和运转的世界有没有被创造出来。诗在这个意义上确实是神秘的。写出一首好诗，就是幸运地、偶然地（甚至僭越地）做了神的工作。

赋予字词生命，还可以换一种说法，就是把心分给它们。谁也无法完全了解自己的内心，毕竟巨大的潜意识海洋那么幽深。仿佛我们的心里住着许多颗心，它们会争吵会结盟，会相互憎恨或互相爱惜，就像一个个字词住在一首诗里，但呈现出来的是一个整体——一颗心，一首诗。在这个意义上，诗可以帮助我们认识自己。我们爱一首诗，是爱这首诗所呈现的那颗心。诗人先要养好那颗诗心。

一个诗人应当是自然而然的，落落大方的，纯粹的，朴素的。一首真正的诗，无论在写还是在读的时候，诗神都会因受到召唤而现身。常常见到她，我们便会长出翅膀，离开那些庸俗和丑恶。

写下这冗长的文字，不过是想说我为什么写诗以及我对诗的认识。其实一句话就能概括：诗和眼泪一样，是人所能给这宇宙最宝贵的回馈。

我想对宇宙万物说，你们都那么好。

因此我甘心流泪。

2022 年盛夏

北京外馆斜街

图书在版编目（CIP）数据

风之动 / 王少勇著. -- 武汉：长江文艺出版社，
2023.1
（第 38 届青春诗会诗丛）
ISBN 978-7-5702-2904-8

Ⅰ. ①风… Ⅱ. ①王… Ⅲ. ①诗集－中国－当代
Ⅳ. ①I227

中国版本图书馆 CIP 数据核字（2022）第 170202 号

风之动
FENG ZHI DONG

___

特约编辑：寇硕恒

责任编辑：胡　璇　　　　　　　责任校对：毛季慧

封面设计：张致远　　　　　　　责任印制：邱　莉　　王光兴

___

出版：长江出版传媒　长江文艺出版社

地址：武汉市雄楚大街 268 号　　邮编：430070

发行：长江文艺出版社

http://www.cjlap.com

印刷：湖北新华印务有限公司

___

开本：880 毫米×1230 毫米　　　1/32　　印张：5.75　　插页：4 页

版次：2023 年 1 月第 1 版　　　　2023 年 1 月第 1 次印刷

行数：3938 行

___

定价：52.00 元

___